AF313193

LETTRES

INÉDITES

DE M. DE PEIRESC,

Communiquées a M. Millin,

Par L. P. D. S. V.

———

A AIX,

De l'Imprimerie d'Augustin Pontier,
rue du Pont-Moreau.

———

1816.

Extrait du Magasin encyclopédique, Numéro
d'Avril 1816.

LETTRES

INÉDITES *de M. de Peiresc, communiquées à M.* MILLIN *, par L. P. D. S. V.*

Paris, 11 Avril 1815.

JE vous envoye, mon cher ami, quelques Lettres de notre Peiresc. Je viens de les découvrir avec un grand nombre d'autres dont je vous ferai passer successivement les plus intéressantes.

Les premières Lettres sont adressées à Nicolas Antelmy et à Pierre son neveu, chanoines à Fréjus, dont ils ont écrit l'histoire civile et ecclésiastique. Leurs ouvrages, qui contiennent des Dissertations curieuses sur plusieurs points d'histoire, ont été imprimés par les soins de l'évêque de Grasse, leur neveu ; la science et l'étude étoient héréditaires dans cette famille.

Peiresc, qui jamais n'a fait aux ministres des demandes pour lui, leur a souvent écrit pour l'intérêt des Lettres, des Beaux-Arts et des Savans. Je vous envoye une Lettre qu'il écrivit au chancelier d'Aligre, pour le prier de fixer en France le savant Saumaise. La même Lettre contient des détails sur quelques morceaux de musique ancienne que l'on avoit fait exécuter en Italie. Il écrit à M. Arnaud d'Andilly en faveur de la veuve et des enfans de Barclay, auteur de l'Argenis et de l'Enchiridion, dont la famille étoit restée sans fortune. Dans les mêmes Lettres, il montre le désir que Grotius soit retenu en France par des pensions et des marques de faveur que cet homme illustre méritoit si bien. Ces Lettres sont écrites en 1622, peu après la mort de Barclay, et que Grotius eut échappé de sa prison en Hollande.

M. Ancevine, professeur à l'Université de Cahors, avoit promis à Peiresc, une vie de l'Empereur Constantin en grec. Peiresc veut connoître les dates de l'avénement à l'Empire de Constantin et de ses enfans. Il donne lui-même les époques qu'il avoit recueillies. Il offre à un gentilhomme de la cour de Florence des graines et des fruits de Provence sur lesquels il donne des détails curieux. Il prie ce gentilhomme de lui envoyer des espèces que produit la Toscane.

Les Lettres de Peiresc à un joaillier por-

tugais , nommé Alvarès , établi à Paris , de
1633 à 1635, termineront mon envoi. Peiresc vouloit augmenter sa collection de mé-
taux, que le cardinal Antoine Barberin disoit
être la plus belle qu'il eût jamais vue. Il y
parle de plusieurs curiosités et médailles qu'Alvarès pouvoit lui procurer. Il y fait mention
d'une médaille d'Adrien avec le revers d'un
cheval et l'épigraphe ΒΟΡΙΣΘΕΝΕΣ. Peiresc a
parlé dans plusieurs de ses lettres', adressées
à d'autres personnes , de cette même médaille
qu'il avoit d'abord cru vraie ; mais il sut
qu'elle avoit été fabriquée en Italie dans le
quinzième siècle , et ensuite *mise en terre*
pour mieux tromper les acheteurs.

J'avois le projet de vous faire passer, à
la suite des Lettres écrites par Peiresc, plusieurs Lettres latines de Grotius à ce savant,
dont je viens de recouvrer les manuscrits ;
elles sont intéressantes. Les sujets qni y sont
traités sont :

1.º L'origine de la langue latine, et ceux
des dialectes grecs auxquels elle doit le plus
de mots et de lettres.

2.º Les corrections à faire aux diverses
éditions de Tacite, d'après les meilleurs manuscrits.

3.º Les divers ouvrages de Nicolas Damas-cène, sur-tout ses églogues et sa vie d'Auguste. Il est parlé du génie et du style de cet auteur, syrien de nation, qui étoit plus déclamateur qu'historien.

4.º L'appel à tous les savans qui entendent la langue arabe, pour qu'ils donnent au public les traductions latines des historiens arabes qui ont écrit sur les croisades. Il en indique quelques-uns tels qu'une histoire de Timur, nommé communément Tamerlan, bien postérieure aux croisades, mais qui en parle avec quelque étendue.

5.º Des détails sur la littérature anglaise, les marbres d'Arundel, d'abord achetés par Peiresc, la personne de Selden et ses ouvrages. Le Dictionnaire anglo-saxon de Speelman.

6.º L'ouvrage du P. Pétau qui a pour titre *Uranologia*. Ce Jésuite a rendu à un usage plus commun les livres les plus rares à trouver ; mais il s'étoit établi entre lui et Saumaise une querelle que Grotius appelle digne des tavernes.

7.º Un éloge très-étendu de la *Philosophia magnetica* du Jésuite Nicolas Tabéius, ferrarois.

8.º Grotius s'est occupé de la généalogie

d'une famille hollandaise, nommée Cornet ou des Cornets, d'origine française, ou peut-être provençale, ayant dans ses armes des étoiles. Il demande des détails sur une famille du même nom, qui avoit existé aux environs d'Orange. (On sait que l'ancienne maison d'Orange avoit un cornet dans ses armes, et qne la maison des Beaux, qui lui avoit succédé, avoit dans son écu une étoile à seize raies) (1).

9.° Grotius fait part à Peiresc de sa nomination à l'ambassade de Suède, auprès du Roi de France, en 1635, par la Reine Christine, au grand déplaisir du cardinal de Richelieu.

10.° Il fait un résumé de tous les passages de Porphyre qui ont été perdus, et qu'il présume pouvoir être retrouvés dans les livres des défenseurs de la religion chrétienne. Il dit avoir recueilli tous les fragmens connus

---

(1) Le nom de Grotius étoit *Cornet* ; il portoit le nom de *Grots* ou *Grotius*, par une alliance avec la famille de ce nom. C'est ce qu'il ne dit pas ici à Peiresc qui ne devoit cependant point ignorer que Grotius en lui parlant de la famille des Cornets, lui demandoit des renseignemens sur sa propre famille. Je n'ai pas les réponses de Peiresc.

des auteurs chrétiens des premier et deuxième siècles, nommément d'Hermas. Il a traduit les auteurs goths et vandales qui peuvent intéresser l'histoire de la Suède, sa nouvelle patrie adoptive, *a patria propria ter venundatus.*

On lit, dans ces Lettres de Grotius, le plus bel éloge de Peiresc : *Tam bene de omnibus litteris et litterarum amantibus meruisti ut eorum pater et amicus undique vocaberis.*

Ces Lettres sont au nombre de huit. Je ne vous les envoye pas, craignant qu'elles ne se trouvent déjà dans le recueil des Lettres imprimées de Grotius; c'est ce que je vérifierai.

Je vous prie, mon cher ami, d'agréer une nouvelle assurance de mon ancienne amitié.

FAURIS DE SAINT-VINCENS.

Lettres inédites de Peiresc.

A M. Nicolas d'Antelmi , *Chanoine de Fréjus , à Fréjus.*

A Boisgency, ce 23 Février 1632.

Monsieur,

Je reçeus dernièrement une vostre Lettre par la voye d'Hiéres, où j'appris avec quelle assiduité M. d'Antelmi vostre cher neveu travailloit à la recherche des anciens documens de vostre Eglize , dont ie ne vous suis pas moins redevable qu'a luy puisque vous en estes le premier promoteur, et que c'est principalement pour l'amour de vous qu'il se plait tant de m'obliger, c'est pourquoy ie vous en remercie comme luy le plus humblement que ie puis et desire avec une ardente passion de vous pouvoir servir l'un et l'autre en revanche de tant de bienfaits. J'ay regretté la mort du pauvre Barjole dont la maladie d'esprit avoit esté bonne à quelq. chose , puisqu'elle faisoit descouvrir au jour des monuments de l'antiquité si profondément ensevelis (1). Quoyque vous dise son fils ie ne pense pas qu'il veuille suivre des traces d'un si mauvais mesnager que son père, et ne luy conseillerois pas, s'il m'en consultoit, tant j'aurois de pitié de luy, et d'apprehension qu'il ne consumat le peu qu'il luy demeure à la recherche de choses si incertaines, et pour la rencontre desquelles il faut estre merveilleusement heureux. Je suis d'avis qu'il s'amuse à planter ses vignes, et si par hazard il rencontre quelque chose, tant mieux pour luy, si non il n'aura pas du moins perdu sa peine, comme il luy pourroit advenir. Cependant ie pense que vous avez secouru ce bon homme, dans sa nécessité, et durant ses maladies, de quelque argent ou grains, dont i'entens vous indemniser s'il vous plait; puisque vous ne l'avés fait agir que pour contribuer à ma curiosité de ce qui se retireroit des fouilles. Je vous supplie donc de me mander ce que c'est, affin que ie vous en envoye le rembourcement, et de croire que ie ne lais-

(1) Ses recherches avoient produit la découverte de plusieurs inscriptions, de douze belles colonnes en brique, d'une truelle et de plusieurs médailles de la ville d'Antibes avec le type ordinaire, *la tête d'Agricola*, mais qui étoient alors extrêmement rares.

seray pas de vous en estre en toute façon grandement et estroitement obligé. Si vous voulez des greffes ou autre chose de nostre jardin, commandés tandis que la saison en peut estre bonne, car il n'y a rien qui ne vous soit affecté à tant juste titre ; et que je serai toute ma vie,

Monsieur,

Vostre, etc.

Signé, DE PEIRESC.

A M. Pierre d'Antelmi, à Fréjus.

A Boisgency, ce 23 Feurier 1632.

MONSIEUR,

J'ay eu ces jours cy le registre capitulaire de Messieurs de l'église de Marseille, ou i'ay appris de très-belles choses ; ensemble trois grands sacs de leur plus anciens titres et documens, dont la mémoire méritoit bien de ne pas estre enseuelie, comme il est aduenu à d'autres titres plus anciens qui leur feurent pillés lorsque les Marseillois auoient appellé à eux le comte de Thoulouse, et plus encore lorsque les Arragonais vinrent assiéger et piller Marseille dont le pillage

durat trois jours, en 1322, si i'en suis me-
moratif. J'ay veu dans ce registre de Marseille la preuue de la richesse de plusieurs
familles acquise par le commerce des peaux,
c'est-à-dire de la tannerie et des fourrures
dans les douzième, treizième siècles et sui-
vans. De sorte que parmi les Echevins ou
Syndics de Marseille y en auoit toujours un
qui estoit commerçant en tannerie. Ils pré-
paroient eux mesmes les peaux et les vendoient au loin. La droguerie a esté encore dans
les mesmes siècles une source de grandes ri-
chesses. Les drogues et aromates se vendoient
et fabriquoient par les mesmes personnes, et
nous trouuons dans les livres manuscrits des
Jurisconsultes de grands procès dont les con-
sultations estoient ainsi intitulées *pro nobili
aromatario.* Tous ces négotians si opulens fai-
soient des riches fondations dont est fait mention dans le susdit registre du chapitre de
Marseille. Elles auoient pour motifs ou des
offrandes à l'église, en argent, cires ou étof-
fes pour faire quelques services, ou ce qui
estoit mieux encore des fonds pour doter
l'hopital des malades qui a esté bâti de ces
donations. Il me tardera de voir ce qui se
pourra apprendre de ceux de vos quartiers,

et particulièrement de voir quelle preuue ou tradition vous aues du temps que les titres de vostre chapitre ont été bruslés, si vous aués rien rencontré concernant S. Ausiliy dont la fête se fait le 28 Januier, comme évêque. Or S. Euchier, autrefois moine , à Lerins, depuis ensuite évêque de Lyon , s'appelle dans ce païs cy Auqueli ou Ausili. Seroit ce le mesme. J'ay trouué mention en des vieux calendriers de vos quartiers au VII. Kal. Feb. de ce S. Ausili. Je seray bien ayse de l'apprendre de vous mesme ; et si dans vos plus vieux rituels il y a de bien vieux calendriers , et de bien anciennes litanies , ie les verray très volontiers, et particulièrement s'il y a aucune mention de deux Saints du nom de Guillaume entre les moines. Je n'ay pas l'honneur de connoistre le P. Masculus et ne doute point que dans son MS. sur le monastère de Lerins, il ne se trouue quelque chose digne de remarque ; vous remerciant bien humblement de l'auis. Il faudra chercher quelqu'un qui ait assés de crédit sur luy pour en obtenir cette faueur, s'il est possible , estant résolu moi mesme d'aller passer quelques jours à Lerins pour voir les choses merveilleuses qui y sont. Quant à l'effet

de vos lunettes, il ne peut prouenir que de
la disposition de la distance des deux verres,
comme ie l'ay souvent éprouué, et pour vous
en esclaircir, il ne faut que la mettre en la
distance en laquelle elle vous montrera en
plein jour les objets qui sont sur la terre en
esloignement competent et puis vous en seruir
sur la mesme proportion quand vous voudrez
regarder dans le ciel. Que si vous voulés regarder les macules du soleil sur le papier,
lors seulement il faut esloigner la distance des
deux verres, mais de si peu de chose qu'il
suffit l'espaisseur d'un teston ou au double
tout au plus. Outre la mesure ordinaire vous
sortirés du point de la conuersion des rayons
qui se doiuent réunir dans le concaue, lors
duquel point il ne se peut rien voir qui ne
soit corrompu en son apparence par la dis-
sipation et disgrégation desd. rayons; et lors
vous ne verrés que des bluettes assemblées
dans un rond qui représente la figure de l'ouuerture du tuyeau, et non le corps que vous
regardés; et dans ce rond les macules qui
vous paroissent vivement des taches sont des
petits grains de l'un ou l'autre verre qui ont
une espece de faux mouuement, lequel ne
prouient que du mouuement de la lunette ou

bien du mouuement de la lumière qui produit ces bluettes, dont vous preniés l'assem-
blage pour l'image d'un seul corps céleste.
Voilà ce que i'en ay peu conjecturer sur
vostre obseruation, vous aurés bientost re-
connu si i'ay bien ou mal jugé et sur ce ie
finiray demeurant

> Monsieur,
>
> > Vostre, etc.
>
> > DE PEIRESC.

---

*A M. Pierre d'Antelmy, Chanoine de
Fréjus, à Fréjus.*

> A Aix, ce 9 Avril 1636.

MONSIEUR,

J'ay reçeu la vostre du 4 avec le livret
d'Harveus (1) et votre Diaire continué dont
ie vous remercie très humblement, ayant esté
néantmoins bien mortifié de voir que vous
ayiez encore laissé eschaper l'éclipse du 10
Février, sans en rien observer, non plus que
de celle du 18 Avril, l'un et l'autre ayant
esté bien notables, mais i'ay bien esté plus

---

(1) Cet illustre médecin qui a le premier enseigné
la circulation du sang.

mortifié de voir que les fleurs que ie vous avois envoyées se seroient trouvées simples, ie veux dire les renoncules asiatiques, desquelles il se trouve certainement des doubles et des simples ; ce qui n'est point advenu par aucun dessein de tromper, car il y en a des simples qui sont en plus d'estime que les doubles au centuple. Mais c'est la vérité que j'avois ordonné qu'on vous baillat des doubles, iugeant bien que cela estoit plus capable de satisfaire un chacun. Ce fust l'inadvertence de M. le Prieur de Boisgenci, qui les allant prendre dans mon cabinet, pensant mieux faire, choisit les plus grosses, et ne scavoit pas que les grosses ne sont pas doubles comme les petites. Il faudra réparer la faute, Dieu aydant ; cependant vous n'y aurez pas tant perdu comme vous pensez, si vous n'avez renoncé d'avoir de celles qui sont panachées par dehors, quasi comme les tulipes dont on fait grand cas entre les curieux des plus belles fleurs. J'écris à M. Senelle, qui a été malade à ce qu'on m'a dit, mais il se porte maintenant mieux, Dieu mercy. Il est grandement courtois, et charitable envers un chacun, et surtout envers les honnêtes gens, et personnes de vertu, et de mérite,

de

de sorte que vous n'y avez pas besoin d'aucune recommandation que de vostre seul aspect, mais je n'ay pas deu vous désobéir, ni manquer de vous y rendre tout ce que vous avez desiré de moy, puisqu'il vous plaît ainsi. Je ne l'ai jamais veu, mais par réputation il a tant de belles parties, que ceux qui l'ont veu n'en peuvent assez dire. Mon frère s'en loue grandement, et ma niepce qui s'est très bien trouvée de sa consultation, et en ressant tous les jours des effets. Ce fut ce qui m'engagea à l'en remercier sur ce qu'il m'avoit voulut comprendre entre les occasions de ces bons offices envers ma niepce. Je plains bien Monsieur vostre frère dans l'appréhension du mal dont il est menassé, et quand il n'y auroit que la seule appréhension. Je vous prie de ne pas le laisser habiter à l'air de la marine, ni à un air trop froid, et trop pénétrant ; il y faut choisir un air temperé, dont il a autant et plus de besoin que des drogues. Le livre contre Harveus n'estoit plus en mon pouvoir, il estoit passé à Rome quand vous me fites scavoir que l'eussiez veu volontiers ; et desja M. Gassend (1) l'avoit condamné, comme peu digne

______

(1) C'est le fameux Gassendi.

d'estre veu. Au reste c'est la vérité, que i'ay eu de l'exercice, et des affaires fâcheuses capables de bien occuper, et empescher un esprit, et un corps plus fort que le mien; mais cela n'empescheroit jamais que ie vous rendisse mes devoirs, quand i'en auray des moyens, et des occasions, croyez le ie vous supplie. Je viens d'apprendre que le livre de plomb dont s'estoit vanté Barjole, a esté vendu enfin au S.ᵣ Roux, et par luy donné à Monseig.ᵣ le Card.l Duc de Richelieu. On a promis à mon frère de le lui faire voir, il est composé de douze ou dix-huit lames de plomb (faites pour contenir de l'écriture que l'on traçoit *cum stylo ferreo*) reliées ensemble par divers anneaux, sans que les feuillets se puissent ouvrir, et est de la grandeur d'un pied de longueur, et de deux tiers de pied de largeur. Sur quoy je demeure en saluant très humblement M.ᵣ vostre cher oncle, à tous deux.

Monsieur,

Votre, etc.

Signé, DE PEIRESC.

A Monseigneur le Chancelier d'Aligre,
à Paris.

A Aix, 22 Juillet 1636,

Monseigneur,

Les nouvelles asseurances de vostre protection qu'il vous a pleu me confirmer, me comblent d'honneur et de consolation tout ensemble. Ie vous supplie très humblement de vouloir agréer, que ie vous présente un petit livre que i'ai reçu fraischement de Rome concernant la musique des anciens, dont il s'est fait quelques essais qui ont fort bien réussi à ce qui m'en a esté certifié par gens qui ont l'oreille bien délicate. Ils ont jugé qu'en nos chants d'Eglise il se conservoit des traces de cette ancienne musique et nomément le chant de la préface qui est dans l'espèce des récitatifs. Les harangues et oraisons se prononçoient comme en chantant ainsi qu'il se pratique encore dans les lectures que font les Chartreux en leurs chapitres et au réfectoire. Les maîtres de musique ont trouvé de la répugnance d'abord à faire exécuter cette antique musique comme étant attachés à leur routine. Ceux qui y regardent de plus près demeurent d'accord que comme au goût, l'accoutumance fait trouver au vin , à la bierre, au cittre, au fromage, et autres alimens de haust goust des friandises imperceptibles , et souvent incompatibles à ceux qui n'y sont pas accoustumés : ainsi en la musique il faut quelque sorte d'accoûtumance à ouir un air diverses fois et à divers jours pour y trouver enfin des douceurs et délicatesses , au lieu des rudesses qui s'y rencontrent de prim'abbord ; et c'est véritablement ce qui a souvent rebutté plusieurs de ceux de cette profession quand ils ont voulu mettre à exécution des règles de l'ancienne théorie de la musique, et c'est aussi ce qui a extorqué ces consentemens généraux de quelques nations toutes entières à se délecter par accoûtumance et par prédilection, les uns comme les Italiens à des chants plaintifs, les autres comme les Français à des airs plus gais, et les autres à d'autres qualités bien différentes de celles là.

Les habitudes se contractent insensiblement par imitation les unes des autres et par accoûtumance, principalement quand il n'y a point d'affectation, et que les actes en sont fréquemment réitérés ; tout de mesme comme

pour les dialectes et les différences des locu-
tions plus agréables en toute sorte de langage.
Si vous en faites faire quelques essais réitérés,
je m'assure que vous en verrez bientost la
preuve et vérification.

Je ne scay s'il me pourra estre pardonable
de m'ingerer à une très humble semonce,
sans sçavoir si elle sera au gré du personnage à qui elle peut estre adressée et de
celuy qui s'y trouveroit le plus interessé. Mais
la jalousie de l'honneur de notre nation et du
préjudice que cet honneur reçoit en la vo-
cation de M. de Saumaise en Hollande me
faisant appréhender les mêmes reproches à
nos seigneurs les Ministres de ce règne que
l'on faisoit autrefois à ceux du feu Roy qui
avoient laissé sortir du Royaume feu M. Scaliger à faute de lui asseurer les mesmes appointemens qu'il trouva au dehors. Je me
laisseray emporter aux mouvemens plus na-
turels, et aux inclinations que i'ai pour le
bien de la France , ne pouvant dissimuler
combien est notoire la rare et profonde érudi-
tion de M. de Saumaise, et le bien qui se
peut tirer de luy tandis que nous le tenons;
et combien il sera honteux de le laisser re-
tourner en des pays si éloignés , et de si dif-

férentes mœurs aux nôtres; après des ouvertures de luy faire les mêmes appointemens, où la nécessité de sa famille l'attache, et après des paroles portées par des personnes si relevées ; la seule nécessité des affaires présentes peut bien excuser en quelque façon cet inconvénient, s'il arrive, envers aucuns, mais non envers ceux qui sçavent de quelle importance estoit cette négotiation pour la réputation de ce regne, et pour l'interêt de la postérité, qui ne devroit pas sçavoir le gré à d'autres Estats qu'à ceux de France de ce qu'elle tiendra de la main des estudes de ce grand homme, outre les autres fruits et bénéfices particuliers qui en peuvent sortir. Cela ne tient ie m'asseure qu'à des bonnes asseurances, des paroles ja données pour l'indemnité : toute l'Europe regarde ce qui en réussira, si je ne me trompe pour en dire son advis aux dépens de qui il pourra toucher; et possible un bon mot de l'intervention d'une personne de la créance requise surmonteroit toutes difficultés, et mériteroit plus du public, que des autres négotiations bien pénibles. Ce sont les vœux communs de toute l'Europe civilisée.

Il a acquis depuis peu des notices aux

langues orientales et spécialement en celles
des Cophtes ou vieux Egyptiens avec quoy il
a ¦pénétré à des secrets nompareils non seulement pour les langues , et pour les plus
vieilles origines et mystères plus abstrus de
toute l'antiquité; mais pour la vérité plus évi-
dente du texte grec de l'évangile et de la
vraye version des anciens pères, et des ver-
sions mesmes latines plus anciennes et plus
authorisées , que ce que les nouveaux venus
et spécialement le Sieur Heinsius y ont voulu
diversifier pour desroger à la tradition ancienne de l'Eglise. En quoy il peut grandement mériter du public , s'il le publie quelque jour, comme je m'asseure qu'il le faira
volontiers, et au grand honneur de la France
et des prometeurs de ce digne ouvrage , ou
il se peut ménager de très-bonnes et honno-
rables affaires. Il faudroit des trop longs dis-
cours pour déduire en détail mille autres
belles choses qui ne sont pas de moindre importance et utilité ; et ce sera une espèce d'op-
probre si cela sort au jour sous autres aus-
pices que de la France; car il sera obligé
de rendre les témoignages de gratitude à
ceux qui luy procureront son entretien as-
seuré , en un temps qu'il n'aura plus de

moyens de songer à acquérir des moyens pour sa famille, et qu'il pourra mieux faire en employant ses estudes et tout son temps au service du public et de ses patrons (1).

Ne doutez point, Monseigneur, de l'obéissance et de la fidélité

De votre, etc.

DE PEIRESC.

______

(1) Le cardinal de Richelieu avoit offert à Saumaise une pension de 12,000 liv., mais à condition qu'il travailleroit à l'histoire de ce ministre : ce qu'il ne voulut pas accepter. Etant venu à Paris en 1635, et ensuite en Bourgogne, sa patrie, où son père avoit été conseiller au parlement, il reçut un brevet de conseiller d'état et une pension de 6000 liv. ; mais le traitement n'étoit pas suffisant pour le fixer en France. Il mourut aux eaux de Spa en 1635. Saumaise étoit doux et patient dans son intérieur et dans la société, orgueilleux et emporté dans ses écrits : dans ses Lettres à Peiresc, il a toujours témoigné à ce savant beaucoup d'amitié et de reconnoissance.

A M. d'Andilly , conseiller du Roy , en son Conseil d'estat et finances , en Cour.

De Paris, ce 30 Juin 1622.

MONSIEUR ,

Ce n'est pas moi seul qui ay admiré les actions que vous avez daigné faire en recommandation de la mémoire de feu M. Barclay , et de ce qu'il a laissé après lui (1). C'est tout ce qu'il y a de galant homme dans ce royaume qui ont eu connoissance de sa vertu, c'est quasi toute la cour d'Angleterre , et qui plus est c'est toute la plus digne cour romaine , où votre piété et charité ont retenti conjoinctement avec la libéralité du Roy; ce qui me servira

---

(1) Jean Barclay , fils de Guillaume Barclay , originaire d'Ecosse , auteur, ainsi que son père , de plusieurs bons ouvrages en prose et en vers. Son *Euphormion* , satyre latine , et l'*Argenis* , roman moral en prose et en vers , lui ont fait le plus de réputation. Le second ouvrage est supérieur au premier. Peiresc fut son ami et son patron, le protecteur de sa famille après sa mort qui arriva à Rome en 1621. Paul V l'avoit attiré à sa cour, quoiqu'il eût toujours été opposé aux prétentions ultramontaines, ainsi que l'avoit été son père.

de bien légitime excuse, si je ne défère à ce regard à l'excès de votre modestie, n'estimant pas qu'il soit en votre pouvoir de ravaler meshuy le mérite que vous en avez acquis dans le monde, et encore moins en mon endroit, quoiqu'il vous ayt pleu m'en écrire par la vostre du 21 que ie viens de recevoir présentement; parce que ie sçay les difficultés et les obstacles que i'avois rencontré en cette affaire, dont elle estoit réduite à l'impossibilité sans vostre favorable secours. Permettez moy donc, Monsieur, de continuer les témoignages que ie dois de cette vérité, vous asseurant néantmoins que i'y apporteray la discrétion nécessaire pour vous descharger d'ennui, et des importunités que vous pourriez apréhender des conséquences mal mesurées, et que ie vous seray à jamais redevable de ce bienfait beaucoup plus que si l'affaire me concernoit en mon propre et privé nom; estant contraint de vous advouër que les intérêts de mes amis me touchent beaucoup avant que les miens; et principalement quand il y a lieu de compassion, comme il y en avoit en cette affaire. Je suis honteux des honnestes offres que vous y avez voulu ajouster pour l'avenir, et malgré ma honte, je viens vous faire une nouvelle importunité. L'estime que vous faites de la vertu me faisant espérer que vous ne la prendrez pas en mauvaise part ; n'y ayant aujourd'hui dans l'Europe aucun homme de lettre de plus grand nom que M. Grotius hollandois pour qui je fais cette requeste. Feu M. Scaliger luy avoit rendu cet éloge que sa science étoit la plus noble et accompagnée de plus de jugement que d'aucun autre de sa connoissance. Feu M. le président de Thou faisoit si grand cas de ses écrits qu'ayant veu un échantillon de l'histoire qu'il a fait des guerres des Pays-Bas durant 40 ans, il dit tout haut et lui écrivit qu'il regrettoit infiniment d'avoir rien laissé imprimer de l'histoire qu'il avoit écrite, et qu'il la voudroit avoir mise dans le feu, la trouvant si éloignée de la beauté de celle là. Il est sorti de sa main tout plein de belles œuvres imprimées pendant sa jeunesse, et en seroit sorty beaucoup davantage sans que son éminente vertu le fit appeler à la direction des plus grandes affaires de sa patrie, aux-quelles il a esté longuement et honnorablement employé dans les premières charges et députa-tions, jusques à ce que le prince Maurice

gagna le dessus, et ayant fait pendre feu Bar-
newel voulut embarrasser celuy-cy dans la
mesme ruine. M. le président Jeannin qui a
traité avec luy dans ses voyages de ces pays,
l'a tousjours tant estimé et tant aymé qu'il ne
peut pas estre trois jours en repos sans le voir
et le gouverner familièrement. Feu M. de Bois-
sise qui se trouva en Hollande lors de son
emprisonnement en parloit comme d'un vray
oracle de ce siècle, et témoignoit que le
plus grand crime qu'on lui sceut imputer
estoit d'avoir eu la France trop avant empreinte dans le cœur, et d'avoir voulu trop
estroitement lier les intérêts de sa patrie avec
ceux de la France, comme le meilleur et le
plus salutaire party qu'ils eussent sçeu prendre,
ce que ne sont pas maintenant ceux qui ont
succédé en l'administration des affaires, lesquels sont apparemment, favorisant nos
rebelles en revanche de ce que la France
les a faits ce qu'ils sont. Feu Monseigneur le
garde des sceaux du Vair en faisoit une estime
non pareille. Monseigneur le garde des sceaux
de Vic a parlé de luy au Roy une infinité
de fois, et lui a procuré un entretenement
de Sa Majesté de douze cents escus : et d'autant que le départ de la cour fut si sou-

dain , et luy mal informé des diligences qu'il eut deu faire pour se faire coucher sur l'état , et pour obtenir son ordonnance de M. le comte de Schomberg et la rescription de M. de Moxan, que le tout demeura imparfait. M. le président Jeannin en a pris un tel soin que sur sa parole il a moyenné que M. Scarron luy ayt payé son premier quartier, bien qu'il fut destitué des ordonnances de M. le Comte. Il est maintenant question de faire valider ce payement, et de pourvoir à l'advenir à l'ordre nécessaire pour les quartiers restants : si vous avez agréable de lui rendre ce bon office vous vous pourrez vanter d'avoir obligé le plus grand personnage en matière de belles lettres qui soit en la chrestienté, et si vous voulez laisser prendre part à cette obligation par ses amis, si vous daignez de parler de luy à Monseigneur le garde des sceaux de Vic, il vous en prisera luy mesme très-instamment, voire si vous luy remettiez en main l'ordonnance pour la faire tenir par deça, vous l'obligerez davantage, car je sçay combien il a cela à cœur; que si vous aymez mieux le faire adresser à M. le président Jeannin vous ne sçauriez plus obliger ce vénérable vieillard, et les remerciemens que vous en aurez des uns et des autres vous fairont voir si je vous dis vray. En somme vous fairez un œuvre très-méritoire, et donnerez moyen à ce personnage de se résoudre à demeurer tout à fait français, et à convertir son talent à l'honneur de la France ; ayant esté jusques à cette heure un peu combatu, bien que sa naturelle inclination n'aille que là, pour les recherches et instances qui lui ont esté faites de la part du Dannemarc, de se retirer en sa cour, où ses proches avoient grande envie de l'attirer. Il a nombre d'enfans avec lesquels il est difficile de vivre dans l'incertitude de l'établissement de sa fortune (1).

Vous aurez l'occasion de m'accuser que ie n'ay pas gardé ma promesse, et que par la prolixité de cette Lettre, i'ay déja abusé de votre patience ; ie vous en de-

---

(1) Grotius eut en effet une pension de 3000 fr. ; mais le cardinal de Richelieu, que Grotius ne flattoit pas dans ses ouvrages, fit supprimer cette pension en 1630. Il passa d'abord en Hollande et ensuite en Suède auprès de la Reine Christine. Il mourut en retournant dans sa patrie en 1645. Il est du grand nombre des savans qui composèrent une épitaphe en vers latins, à Peiresc ; « *Grati animi causâ.* » Comme il le dit lui-même.

mande pardon de bon cœur, et de le vouloir imputer au désir qui me porte à servir un homme de si rare mérite, et à vous mettre en notice du sujet qu'il y a de vous départir tant soit peu des rigueurs ou règles communes à si bon titre. Mon obligation en sera plus grande envers vous, si vous me laissez connoistre d'avoir obtenu le pardon, et que ma requeste ne vous aye pas esté désagréable, mais qu'il me soit loisible d'estre comme je seray inviolablement,

Monsieur,

Votre, etc.
DE PEIRESC.

A M. d'Andilly, conseiller du Roi, en son Conseil d'estat et finances, en Cour.

De Paris, ce 5 Aoust 1622.

MONSIEUR,

Comme les effets de vostre courtoisie envers M. Grotius surpassent tous les termes ordinaires, aussi l'obligation qu'il reconnoît vous en auoir est toute extraordinaire, d'autant qu'il repute pour une des principales félicités qu'il eust peu souhaiter depuis sa retraite en ce Royaume (et d'où dépend pour la pluspart la tranquillité de son esprit), l'honneur d'être tenu et advoué pour vostre serviteur , qui seul luy peut faire valoir les bienfaits du Roy, lesquels sans cela lui seroient quasi inutiles , et j'espere que le plaisir que vous prendrés un jour en la douceur de sa conversation surpassera tellement tout le commun, que vous ne me scaurés point de mauvais gré de vous auoir serui d'instrument pour faire l'acquisition que vous aués faite d'un si digne seruiteur. Je ne doute pas que ce n'ayt esté , son éminente vertu , et l'insigne bonté de vostre naturel, qui vous ayent serui de principal motif pour produire une œuvre de charité si méritoire et si recommandable, si n'en dois - je pas moins faire ma dette propre, puisque ie l'avois ainsi stipulé, et que vous aués daigné m'y donner tant de part, que vous ayiés non seulement escouté, mais exaucé la très humble supplication que ie vous en auois faite avec une promptitude qui redouble la grace, et me rend grandement glorieux d'auoir acquis sur l'un et sur l'autre l'auantage que me donne cette entremise, et d'auoir eu ce petit ût moyen de vous tesmoigner ma bonne volonté, qui me fait promettre que vous receurés de meilleur cœur et l'un et l'autre, le très humble seruice que ie vous pourrois rendre à l'aduenir en autres occasions; lesquelles seront avec l'ayde de Dieu beaucoup meilleures, si sa divine Majesté veut accomplir mes souhaits. Je remis l'ordonnance de M. le comte de Schomberg entre les mains dudit Sieur Grotius aussi tost que ie l'eus receue, il suiura vostre conseil, et auec l'assistance de M. le président Jeannin il viendra bientost à bout du reste, Dieu aydant, principalement après l'assistance qu'il vous plait nous donner de tenir la main à ce qu'il ne soit pas oublié quand on faira les estats des pensions. Il vous en escrit un mot de remerciement et à M. de Schomberg.

Au surplus i'ay leu diverses fois auec un extrême plaisir et non sans admiration la traduction que vous aués daigné faire de trois des plus iolies pieces de l'Argenis, ie les ay conférées avec le texte latin, et ay trouué que sans vous départir jamais de l'intention et de la conception de l'autheur, vous auez tenu un langage si propre, et un style si net, si coulant et si poly qu'il

ne me semble pas que ce soit une traduction , ce qui est très excellent et quasi ini-
mitable. J'ay voulu voir les mesmes endroits
dans ce misérable Marcassus qui s'est meslé
d'en imprimer une version, j'ay trouué que
nón séulement il ne scait pas quasi parler
françois , mais qu'il dit toute autre chose
que ce que l'autheur a dit, et bien souuent
directement contraire , et laquelle n'a nul
rapport avec la suite de l'histoire, non plus
qu'auec l'intention de l'historien ; ce qui ne
se peut voir sans indignation contre cet
indiscret et opiniâtre faiseur de liures, qui
a voulu faire celuy là en dépit de Dieu et
du monde. La communication qu'il vous a
pleu me donner si privément de ces beaux
ouurages m'est un gage si certain et si indu-
bitable de l'honneur de vostre bienveillance
que ie vous en dois tous les remerciements
qui s'en pourroient humainement rendre. Il
ne manquera jamais rien de ma part qui
vous puisse laisser doute de la bonne volonté que i'ay de me faire avoüer tout le
temps de ma vie pour

     Monsieur ,

                Vostre, etc.

                  DE PEIRESC.

A M. Ançeuine , conseiller et professeur ordinaire du Roy , en l'Université de Cahors, à Cahors.

De Paris, ce 7 Feurier 1618.

Monsieur,

Je vous suy bien redeuable du souuenir que vous aués de moy, et voudrois bien vous pouuoir rendre antant de seruice comme vous en mérités. J'escris à M. Maussac (1) et desire fort que vous m'entreteniés de ses bonnes graces. Vous m'aués fait feste d'une vie de Constantin en grec, faites ie vous prie que je sçache ce que c'est', et si elle n'est en vostre pouuoir, et que nous vouliés communiquer la part où elle est , possible aurons nous assés de crédit pour la recouurer soit en pret, ou en propriété, et audit

____

(1) Philippe-Jacques Maussac, alors Conseiller au parlement de Toulouse, qui mourut en 1650, Président de la Cour des aides de Montpellier, étoit un habile critique, bon helléniste et savant dans le droit ; il avoit une bibliothèque riche en manuscrits. Il a fait imprimer, 1.º une édition grecque et latine du lexique de Valerius Harpocration, avec des notes savantes qui ont depuis été augmentées par l'aîné des Valois ; 2.º une édition enrichie de notes du traité des morts et des fleuves de Plutarque, et autres ouvrages.

cas nous la vous fairons tomber en main
à vous mesme le premier, affin que vous y
trauailliés si vous y avés de l'inclination, sinon on taschera d'en retirer quelque fruit
dont il seroit dommage de priuer la postérité, et vous en auriés la conscience char-
gée si par vostre négligence cette pièce se
perdoit, comme elle court grande fortune
quand elle sera au pouvoir des personnes
qui ne la scauront pas connoître, et estimer
comme il faut. Que si vous l'aués desja pour
le moins vous veux-ie prier de me mander les
dates et époques de l'avénement à l'Empire
tant de Constantin que de ses enfans, et
de son père si elles y sont exprimées, comme
ie crois; et celles de leurs naissances, et
d'obseruer s'il vous plait si elles tombent à
autres jours que ceux qui seront cottés cy-
dessous; sur quoy ie demeureray

Monsieur,

Vostre, etc.

DE PEIRESC.

Natales Constantiniani.

III. Kal. Martii
Prid. Kal. Aprilis.
VIII. Kal Augusti.
VII. Idus Nouemb.

A M. d'Andilly, conseiller du Roy, en son conseil d'estat et finances, en Cour.

De Paris, ce 7 septembre 1622.

MONSIEUR,

M. Grotius a esté fort malade, mais il est bien remis, Dieu mercy, en sa première santé, et ne respire que les obligations qu'il vous a ; il a fait imprimer ces jours passés une version latine de son apologie faite en flamand pour la justification de sa cause, et pour faire voir le tort et l'injustice manifeste qui a esté faite contre luy, et à tous les magistrats des Provinces Unies, que l'on a destitué pour en subroger d'autres contre les formes et contre les loix fondamentales de l'Estat, gens qui se sont laissés porter à un nouvel ordre qui laissera enfin establir la tyrannie, et estouffer la liberté publique. C'est une excellente pièce où c'est que outre sa cause particulière on peut apprendre l'origine, la naissance, le progrès, l'establissement et le changement de cette république si exactement qu'il n'y a rien d'obmis ce qui mérite d'être sceu pour cet effet. Ce n'est dommage que de ce que l'œuvre

n'a esté du commencement composée eu
latin, car son style y eust esté plus libre et plus
propre à son humeur, et par conséquent beaucoup plus élégant et plus riche. Mais il luy im-
portoit de le faire en flamand comme vne
pièce de son procès, et pour l'intérêt de
tant de gens d'honneur qui ont esté mal-
traités pour le soutien de la république. Il
s'est contenu en vne grande modestie, et
telle que malaisement en pourra-t-il souffrir
de reproche. Si jamais l'envie vous prend de
vouloir voir cette république, un peu de plus
près; vous en verrés le portrait bien naturel en cette apologie, attendant son histoire
générale de toutes les guerres qui ont duré
40 ans en son païs, que si en ayant veu quelques feuillets; vous jugiés que M. le comte
de Schomberg n'eut pas désagréable de voir
cette pièce, vous l'obligeriés beaucoup de
la lui faire présenter, et en ce cas vous
aurés cy-ioint une sienne lettre pour l'ac-
compagner; et nous vous en renuoyerons
par après un autre exemplaire pour vous,
si non il ne faudra pas surcharger ce personnage de l'importunité qu'il en pourroit
receuoir dans les grandes affaires qui l'oc-
cupent incessamment. Nous sommes en grande

apréhention du bruit qui vient de venir de
la rupture du traitté de la paix, crainte des
inconueniants du siége de Montauban dans
une saison si aduancée. Dieu veuille bénir
les saintes intentions du Roy et de ceux de
son conseil, et me donner le moyen de vous
seruir comme

Monsieur,

Vostre, etc.

DE PEIRESC.

---

*Lettre de Peiresc, au baron d'Alègre,
gentilhomme toscan, attaché à la maison
du Grand Duc de Toscane, à Florence.*

De Belgencier, près Toulon, 21 Juin 1630.

MONSIEUR,

Vous avés la bonté de me dire que vous
voulés me faire connoître les plantes que
votre pays produit dans les montaignes ;
comme vous ne faites que les indiquer, j'estime que nos collines en produisent natu-
rellement de pareilles à peu près, car notre
climat est fort semblable à celui-là, et nous
y avons l'arbre du styrax, du therebinthe,
du lentisque mastic et une infinité d'autres

fort jolies et fort curieuses. Que si ce sont des plantes ou arbrisseaux que S. A. ait fait apporter d'ailleurs par singularité, il s'y trouveroit sans doute de belles curiosités, et puisque vous en faites recueil, vous en devez avoir des rôles tout dressés, que si vous nous en envoyez copie, vous nous ferez faveur, et si je vois qu'il y manque de ce que j'ai, je vous en fournirai très volontiers, ayant plusieurs pièces curieuses venant des Indes et de Canada et d'ailleurs, et des choses qui n'ont encore point de nom, et auxquelles il en faudra donner des nouveaux selon la comparaison des autres plantes communes. Pour celles de delà je ne desirerois rien tant que d'avoir une sorte d'oranger ou citronier qui porte la fleur double; car j'ai de la plupart des autres plus rares espèces de ces arbres là jusqu'à une vingtaine de sortes différentes ou bien près, et de ceux qui portent le fruit enveloppé de deux écorces toutes entières, l'une dans l'autre bien distinctes et séparées. En revanche de cela je pourrois fournir d'autres rares curiosités. J'ai entre autres le jasmin jaune des Indes, plus suave au centuple que celui de Catalogne, il a le bois rouge et le feuillage fort luisant et excellent,

beau au prix de tous les autres jasmins, et
fleurit trois ou quatre mois durant. J'ai le
corail arbor, la vigne de Tartarie, qui porte
son fruit mur six semaines plus tôst que les
autres raisins et se conserve mur sur la plante
jusqu'à Noël, auquel temps on le cueille avec
le goût des prunes perdigones. J'ai la vigne de
Canada qni nous a tapissé des maisons entières
dans trois ou quatre ans, et d'une très belle
verdure, et d'autres arbrisseaux que l'Europe
ne produit point. Et pour des bulbes j'en ai de
très excellentes de toutes parts. Nos hyacinthes
tubéreuses font leurs premières fleurs et se-
mences en été, et leurs secondes saisons de
fleurs dure tout l'hyver, depuis le mois d'Octobre jusqu'à la mi-Carême, et nous embaument
nos chambres. Nous avons à force arbres
fruitiers qui font la fleur double et très belle,
bien que communément leur naturel soit de la
faire simple, tels que des cerisiers, des pruniers
et des amendiers. J'ai fait un verger d'arbres
fruitiers où j'ai de plus de soixante sortes des
plus excellentes pommes de l'Europe et quasi
autant de différentes sortes de poires, tout cela
sera à votre disposition quand il vous plaira,
et si vous nous faites avoir quelque chose
des jardins et vergers de Son Altesse nous

aurons à vous fournir quelque chose en revanche qui n'y sera peut être indifférent, mais
il faudroit faire loger dans des bons vases avec
leurs tiges ceux qui en vaudront la peine,
comme pourroit être cet oranger à fleur double,
si Son Altesse en a, et celui qui est à doubles
écorces, afin qu'ils ne patissent par les che-
mins. J'apporterai la même précaution pour
ceux que j'enverrai et serai bien aise de vous
servir et encore plus de contribuer quelque
chose s'il se peut aux recueils de Son Altesse
que je révère comme je dois et comme
toute la France est obligée de faire.

Il y avoit un bon père cordelier à Pise qui
est maintenant décédé comme je pense, lequel
avoit soin de la galerie et des jardins, qui
étoient grandement curieux, et avec qui j'avois
eu quelque correspondance autrefois. On m'a
dit dernièrement que celui qui lui a succédé
est aussi fort curieux ; je serois bien aise de
savoir quel homme c'est, et s'il a conservé
en vie certaines plantes du Papyrus du Nil
qu'il avoit fait venir. Sur quoi je finirai en
vous priant de faire état de mon service
comme de celui qui sera à jamais,

    Monsieur,

Votre serviteur,

Signé, DE PEIRESC.

A M. Alvarès, Joaillier portugais, à Paris.

A Aix, ce 4 Juillet 1633.

MONSIEUR,

J'ai pris grand plaisir à la réception de la lettre qu'il vous a pleu m'escrire du 12 du passé, d'apprendre la bonne part que vous m'auez conseruée en vos bonnes grâces, sans que ie l'eusse mérité, et sans mesme que vous eussiez reçeu des lettres par lesquelles ie vous en auois autrefois fait instance; dont je vous suis très-redeuable, aussi bien que de la participation des nouvelles des Sieurs Gaspard et Manuel de Costa Cassarez et Fernand Nunnes, et dont ie vous remercie de tout mon cœur, me conjouissant avec vous de l'heureux succès de leur voyage et de l'honorable et auantageux employ que le Sieur Fernand a trouvé vers le Roi Dialcan, priant Dieu qu'il veuille bénir ses bonnes intentions, et les faire prospérer à ses souhaits, et aux vostres, aussi bien que les nouueaux trauaux qu'entreprend le Sieur Manuel de Costa des Manilles et de la Chine, ne doutant pas que l'un et l'autre ne puissent faire grand progrès, et tirer de très-excellentes notices tant d'une part que d'autre. Je vous supplie quand vous leur escrirez de leur témoigner que ie leur demeure infiniment obligé de leur souuenir, et qu'il ne tiendra pas à moy de le mériter par toute sorte de service, si j'en rencontre jamais des occasions; et s'ils vous envoyent aucunes facultés ou marchandises de ce païs là, exhortés-les ie vous prie de vous enuoyer quelque morceau de roche où soient demeurés attachés quelques rubis pour petits qu'ils soient, pourveu qu'ils soient de belle couleur et de bonne dureté, afin que je puisse juger de la nature de la mère roche des montagnes où ils naissent; comme i'en ay de celles des dia-mans, esmeraudes et autres, et encore des saphirs, mais ce n'est pas des Orientaux. C'est pourquoy j'en verrois volontiers quel-que morceau s'ils en rencontroient en leur chemin, ou vous Monsieur, chez vos amis; et les estimerois bien dauantage si les grains des rubis et des saphirs y paroissent en leur naturelle figure enchassés dans la roche sans autre artifice de roüe ou de main d'hom-me; ainsi que ie leur en fis voir des monstres lorsqu'ils me vindrent voir à Boisgency. Quand vous aurez d'autres nouvelles de leur

part ou d'autres du païs , vous me fairez une
singulière faueur de me les communiquer,
vous asseurant que ie n'en abuseray pas , et
que ie me contenteray d'y prendre ma satis-
faction sans en rien divulguer que ce que
vous ne voudrés pas céler, car ie sçay les
intérêts qu'y prétendent ceux qui sont dans
le commerce , particulièrement des pierreries ;
ayant pris grand plaisir d'entendre la fantaisie
qu'il a pris à ces Chinois de se ruer sur les
diamants dont ils auoient si peu tenu de
compte cy - deuant. J'auois appris que l'un
de ces princes auoit fait publier un édit par
lequel il avoit deffendu la traitte des diamans,
et s'estoit chargé de les achetter touts à certain prix modéré pour donner loisir au debit
de ce qui en estoit sorti , et leur faire re-
prendre leur ancien prix et estimation à cause
qu'il les voyoit trop auilis à son gré.

J'ay esté bien ayse d'entendre que vous
ayiés conquéri le Sieur Augustin Hériard,
non-seulement en Chretienté, mais en *Lahor*,
où ie ne sçavois pas que vous eussiez esté ;
c'est pourquoy ie vous en félicite , et voudrois bien estre de retour comme vous d'un
si beau voyage, croyant asseurement comme
vous qu'il viendra facilement à bout de sa

négociation, et serois bien ayse d'apprendre
en quel estat se trouuent ses parents à Ba-
yonne ; et d'autant que vous me dites que
c'est par les carraques du Portugal que vous
recevez vos principaux aduis, s'il estoit loisible d'apprendre vos correspondances dans
Lisbonne ou Seville, ie le sçaurois volontiers
pour y prendre mes adresses quand il y va
par fois des barques de Marseille, pour les
prier de me faire recouvrer pour mon argent des plantes et fruits des Indes , quand
il en arrive des frais, en sorte qu'on en puisse
éprouuer le goût, et en conséquence la race
de ceux qui se peuuent domestiquer dans des
vases ou pots de terre. Comme i'en ay eu plusieurs assés rares qui m'ont fait venir l'enuie
de beaucoup d'autres, car ie ne connois personne en ce païs-là, et les Marseillois y ont
fort peu de correspondance réglée, encore
que par fois il y aille des barques dont les
mariniers ne peuvent pas s'acquitter des com-
missions si commodément comme ceux du
païs, n'y avoir les adresses et crédit qu'il y
faut aucune fois pour cela.

Au reste, les honnestes offres qu'il vous
plaît me renouueller, renouuellent par mesme
moyen toutes les obligations que ie vous auois

desja bien grandes , sans que i'en puisse rien accepter en médailles , d'autant que cette marchandise se peut difficilement reconnoistre par lettres , sans voir principalement les médailles, s'il ne s'en voit des inventaires bien exactement faits par gens intelligens ; toutefois en gros je puis bien vous dire que les médailles grecques touchent un peu plus ma curiosité que les autres, principalement celles d'or et les grandes impériales grecques de bronze , quand le prix n'en est pas disproportionné à la petitesse de ma bourse. Mais puisque vous me montrés tant de desir de m'obliger , i'ai appris depuis hier qu'au cabinet de Gentilly y auoit une escuelle d'agathe à oreille antique , et un autre vase d'esmeraude , qui n'auroit pas esté mis en vente , ie n'asseure pas que vous ne les ayies veu , et que vous n'ayés sçeu en quelles mains ils sont passés. Or s'il y a moyen de sçavoir ce qu'ils sont devenus, ie voudrois en auoir par vostre moyen un peu de dessein de la mesme grandeur à peu près des originaux, et avec les mesmes couleurs , ou miniature, si faire se pouuoit, pour imiter les veines de la pierre prétieuse ; et après ie voudrois les faire remplir d'eau et auoir un pot de fer blanc où la mesure de ladite eau soit exactement marquée, affin que ie puisse juger de la juste contenance et capacité du vase, ayant usé de la mesme diligence à faire examiner touts ceux du thrésor de S. Denis, et de plusieurs autres endroits, à quoy i'ay bien pris du plaisir, principalement à un petit vase d'oniçe taillé en camayeul de Madame la Maréchale de Roquelaure, et d'un autre de matière qui n'est pas moins prétieuse du Marquis d'Allny ou de Sourdis, ne doutant pas que vous n'ayés veu l'un et l'autre, et possible beaucoup d'autres autant ou plus beaux dont ie serois très ayse d'auoir des mémoires de vostre part à vostre commodité ; sur quoy attendant de vos nouuelles, et souhaitant des moyens de vous seruir en revanche, et vos amis, je finiray demeurant,

Monsieur,

Vostre, etc.

Signé, DE PEIRESC.

P. S. Vous receurez cette lettre de la main du Sieur Gaillard de ce païs qui se donnera le soin de prendre et me faire tenir vostre réponse s'il y écheoit, et de fournir ce qui seroit nécessaire pour le peintre ou

pour

pour autre ouvrier que vous pourriés employer aux desseins et modeles des vases que
ie me promets auoir par vostre crédit et vos
amis.

A M. Alvarès, Joaillier portugais, à Paris.

A Aix, ce 1 Aoust 1633.

Monsieur,

J'ai esté bien marri par les dépêches du
dernier ordinaire de Paris du 22 du passé,
de la presse que vous a faite M. Gaillard à
contre temps sur le point que vous estiez
empêché à vos expéditions plus importantes
dont ie vous crie merci de bon cœur, et met-
tray ordre qu'il vous laisse dans la pleine liberté et commodité que ie souhaite à mes
amis comme à moy mesme. Cependant ie n'ay
pas voulu laisser de vous remercier de la
faueur que vous m'aués daigné continuer par
la vostre de mesme date dans le plus fort de
vos occupations, dont ie vous suis tant plus
redevable et par mesme moyen ay creu vous
devoir faire part des nouuelles que j'ay ap-
prises tout fraichement de la bouche du R. P.
Gilles de Losches qui a esté sept ans en

Levant, et reuient à cette heure d'Egypte par Rome, avec le R. P. Cesarée de Rosgo, lesquels nous auons gouuernés icy un jour ou deux, auec grand contentement d'entendre leurs curieuses relations; mais surtout de ce qui concerne le Sieur Vermeil de Montpelier que vous aués possible conneu au moins de réputation, car il faisoit profession de lapidaire, mais au siége de Montpelier il s'estoit mis aux armes et après au négoce du Caire en Constantinople qu'il luy fallut abbandonner pour un malheur qui fut son bien; car s'estant retiré ie ne scays où sur la mer Rouge, il trouva moyen de passer en l'Æthiopie, et de s'insinuer dans la maison du Roy et de la Reyne par le moyen des pierreries, et enfin d'employer ce qu'il auoit appris des artifices du feu et des tranchées pour attaquer ou deffendre des places, car il auoit esté en Hollande. Ce qui lui a si bien succédé qu'il a eu l'honneur de commander une armée de 8ooo hommes, et avec icelle de dompter un grand prince voisin et lui dissiper une armée de 5o,ooo; au retour de laquelle expédition, l'Empereur des Abyssins son maistre est demeuré si satisfait de luy qu'il l'a créé sur intendant de toutes ses armées qui sont de plusieurs centaines de milliers d'hommes en diuers lieux de son Empire. Nous auions bien sceu qu'il auoit bonne part aux bonnes grâces de ce grand prince par ses petites inuentions, et il en auoit donné luy mesme des aduis à ses amis Marseillois qu'il auoit employé pour luy faire tenir quelques liures, tableaux et autres curiosités, mais nous n'auions pas encore sceu ce grand employ que ces bons pères disent avoir appris d'un Bassa des païs voisins des Abyssins auant leur partement du Caire. Si cela est l'on aura bientost la confirmation par les caravannes ordinaires. Je ne manqueray de vous en tenir aduerti, vous pourrez voir le bon P. Gilles de par de là plus à loisir que nous, pour en apprendre plus de circonstances ; car ne les auons retenu qu'à uiue force, tant il leur tardoit d'aller voir le R. P. Joseph auteur de leur mission. Au reste ayant depuis pensé aux offres qu'il vous auoit pleu me faire cy-deuant, je me suis résolu de vous communiquer une petite curiosité qui m'est venue ces jours passés en travaillant quelques recherches de l'antiquité. C'est que i'ay veu mention en divers liures d'une médaille d'Hadrien qui a pour reuers un cheval sur une

colonne et l'inscription BOPTCΘENIC laquelle
ie voudrois bien voir si elle se trouvoit entre
les mains des personnes d'honneur qui ne fis-
sent pas de difficulté d'en laisser prendre une
empreinte , ou pour le moins le griffonnement. Que s'il s'en rencontroit à vendre une
semblable , ie n'y plaindrois pas une demi
douzaine d'escus , et d'auantage si elle estoit
bien nette et bien conseruée ; c'est pourquoy
ie vous prie d'en escrire à vos correspondans
de Flandres, s'il y en a d'assés curieux pour
cela , affin que nous en ayions une empreinte
s'il s'y en trouve. Car ie n'y oserois escrire
moy mesme à présent, tandis qu'il n'y a plus
de François , sans cela i'en aurois prié M.
Rubens ou M. Roccox , lesquels m'auroient
volontiers fait la faueur et procuré cette sa-
tisfaction en quelque part que la pièce eust
esté ; mais comme le commerce des gens de
négoce est plus libre que des autres , il vous
sera plus aisé d'en venir à bout maintenant
qu'à moy qui ne voudrois pas qu'on vît aller
de mes lettres en ces païs là et reuenir des
réponçes pour moy, tant que nous serons en
la mesintelligence que tout le monde déplore,
principalement puisque M. Rubens s'est meslé
depuis quelques années d'autres affaires que

de sa peinture et de ses curiosités, car auparavant i'avois fort souvent de ses lettres, et il prenoit assés de plaisir d'en receuoir des miennes quand ma foible santé me permettoit de luy escrire. Si vous auiés correspondance de quelque ami curieux en antiquité vous m'obligeriés d'y faire faire la mesme recherche et particulièrement aux médailles du feu duc de Buckingan, et du comte d'Arondel, si elles sont visibles; car si cette médaille ne se trouve en Angleterre, ou aux Païs Bas, difficilement se trouuera-t-elle ailleurs. Mais que dirés vous de mon indiscrétion, excusés m'en ie vous en supplie, et me commandés tant plus librement comme celui qui vous offre de bon cœur tout ce qui est à sa disposition, et qui sera à jamais,

Monsieur,

Vostre, etc.

Signé, DE PEIRESC.

À M. *Alvarès*, *Joaillier*, *à Paris*.

A Aix, ce 9 Octobre 1633.

MONSIEUR,

J'ay aujourduy seulement reçeu par l'ordinaire vne lettre vostre en date du 22 Aoust auec vn dessein d'un vase de topase qui est à Venise, et un modèle de l'ouuerture ou gueule de vase d'agathe de la maison de Montmorancy que j'ai esté bien ayse de voir, et dont ie vous suis très redeuable ; ne regrettant que la peine que vous auez à m'escrire, tant à cause des meilleures affaires que vous ne pouuez quitter pour cela, sans y reçeuoir du dommage, que pour la difficulté que vous pouuez trouuer, soit en la langue françoise, ou en l'escriture de quelque sorte qu'elle soit. Vous suppliant très instamment de ne vous y mettre que dans vostre commodité. Car comme pour mon regard ce n'est que par simple curiosité que j'en fait mes petites recherches, il n'y a rien qui presse ; et comme j'ai la patience d'attendre des années les aduis des Indes, ie n'en dois pas moins auoir pour attendre les aduis de mes amis, lorsque leurs affaires leur peuuent permettre de se souuenir de moy ; ce que ie suis souvent obligé de pratiquer moi-même bien souvent, à cause de mes infirmités et indispositions, et des occupations que me donne ma charge, qui me force bien souuent de differer des semaines et des mois entiers, ce que i'aymerois bien mieux auoir fait dès le lendemain. C'est pourquoy il ne faut point que vous vous donniez aucun soucy de retardement de vos réponçes, lesquelles n'arriuent que trop tost pour me faire rougir de l'incommodité que vous y receuez, puisque ie ne l'ai encore sceu mériter par aucun seruice, comme ie le voudrois bien pouuoir faire, et le fairois si me vouliez commander. J'attendrai en bonne dévotion le dessein de ce vase d'agathe, mais s'il y auoit moyen d'auoir vn modèle de fer blanc qui contienne justement autant d'eau qu'il en faut pour remplir le vase d'agathe, mon obligation vous en seroit plus grande au double, pour me donner moyen de juger de sa vraye grandeur et proportion. Que si ces Messieurs de Venise vouloient vous envoyer un pareil modèle de fer blanc pour juger de la juste mesure ou contenance de leur vase, ce seroit aussi une grande faueur à mon gré, car cela ayderoit aucunement à juger si la pièce est antique ou non; combien que pour celle là s'il falloit en juger absolument, il faudroit auoir un peu d'empreinte de plâtre ou de cire du corps du vase, et particulièrement des mascarons qui sont de la pierre mesme, soit sur le deuant de son bec et sur le derrière, ce qui sert d'appuy à la queue de l'ance. Car pour l'ance et pour tout le pied il ne seroit pas besoin de s'en mestre en peine, attendu que ce ne sont ie m'asseure qu'enrichissements et enchasseures d'or et pierreries modernes. Mais la forme et manières des mascarons de la topase mesme, fairoit bientost paroître si c'est chose antique ou non, comme aussi la forme des goderons qui sont l'ornement du ventre de ce vase. Est possible que nostre advis pourroit seruir plustost que nuire à la prisée de ce vase. Car s'il se rencontroit véritablement antique, il y auroit moyen de le faire bien valoir et mestre en réputation, et mesme de le faire mestre en taille douce, si nous en auions un dessein bien exactement fait avec ses justes dimensions de tout ce qui est du corps de la topase, en l'estat qu'il est, et plustost dépouillé des autres enrichissemens du pied ou de l'ance que autrement. Mais je trouue estrange que M.

Jaquelin vous aye dit qu'il n'y eut point d'es-
cuellon d'esmeraude chez M. de Montmorency, puisqu'une personne bien digne de
foi m'asseura de l'avoir veüe et tenüe en sa
main; au reste, vous m'auez enseigné de si
belles choses, touchant les rubis, saphyrs et
esmeraudes qu'il n'y a rien de si beau dans
les livres qui en traitent plus à fonds, dont
je vous remercie très-humblement, et s'il y
auoit moyen d'avoir de ce sable jaulne, dans
lequel se trouvent les rubis du Pegu, je l'estimerois bien : croyant que les mines des saphirs orientaux sont perdües, comme vous
dites. Mais il se pourroit néanmoins rencon-
trer par hazard des morceaux de rochers où
il s'en trouuat quelqu'un d'attaché comme
i'en ay des esmeraudes et autres pierres fines
qui peuuent estre traisnées par les torrents,
et même des pierres toutes nües et détachées
de leur matière, ne refusant pas la communication de quelque morceau de roche de
diamant si vous en recouuriez des beaux, et
en cas que le prix n'excédat pas la proportion de ma bourse, possible en payeray-ie
quelqu'un bien volontiers encore que i'en aye
desja. Je vous remercie encore bien affectueusement du soin qu'auez pris de faire faire

la recherche de cette médaille d'Hadrien (1)
et encore plus des bonnes nouuelles qu'il vous
plait me donner tant du Sieur Augustin que
des Sieurs Manuel à Costa, et Fernaud Nunes;
il me tarde que celuy là soit de retour, puisque vous dites qu'on le rappelle, et que celuy
cy soit si puissant auprès du Roy de Dealcan
qu'il vous puisse envoyer quelque chose du
pays digne de s'en faire recommander à la
postérité, vous ayant de l'obligation du soin
qu'auez pris de leur faire mes recommanda-
tions. Possible escriray-ie un mot à vos res-
pondans Duarte Dios de Olivarès, et Diego
Cardosso si je trouve commodité, pour les
prier de m'ayder à recouurer quelques plantes
qu'on apporte souvent des Indes en ce pays là.
Mais si i'estois jamais si heureux que vos affaires vous obligeassent à quelque voyage d'I-
talie par ce pays icy, comme vous nous en
laissez quelque espérance, ce me seroit une
merveilleuse consolation de vous pouvoir em-
brasser, entretenir et gouuerner quelques

---

(1) Peiresc se procura dans la suite une médaille
d'Adrien ayant au revers un cheval avec l'exergue
BOPTCΘENEC. Il reconnut qu'elle étoit l'ouvrage d'un
artiste du quinzième siècle.

iours, pour apprendre et escrire sous vous les belles observations que vous auez faites en ces pays estranger. Le R. P. Gilles est allé droit à Tours, à ce que j'entends, sans passer par Paris. M. Gaillard vous faira voir les nouvelles de cette dernière guerre de la Palestine, et vous soulagera de la peine à me faire tenir vos Lettres, quand vous me voudrez faire cet honneur, ayant des adresses par lesquelles elles ne sont jamais plus de huit ou dix jours en chemin d'icy à Paris ou de là icy. Mais pour l'honneur de Dieu ne vous contraignez nullement, et suffira mesme que vous lui disiez de bouche ce que vous trouverez bon de me faire sçavoir de vostre part sans vous charger de la peine de m'escrire, ie ne vous en seray pas moins redevable et seray toujours,

Monsieur,

Vostre, etc.

Signé, DE PEIRESC.

Lettre de M. Alvarès à M. de Peiresc,
du 18 Novembre 1633.

Cette lettre est précédée dans le registre de la note suivante :

Alvarès, Portugais, neveu des deux d'Alvarès, dont le premier étoit jésuite, le second prêtre et d'abord aumonier de l'ambassade de Portugal auprès du Roi d'Ethiopie, puis ambassadeur de ce Roi en Portugal ; qui a donné une relation de l'Ethiopie. Ce J. d'Alvarès qui écrit demeuroit à Paris et à Meudon ; il étoit antiquaire. Dans cette lettre il parle 1.º des vases d'agathe et d'émeraude : il envoie le dessin d'un très-beau vase ; 2.º des médailles d'Adrien ; 3.º des oranges qui sont, dit-il, meilleures en Provence qu'en Portugal.

A M. de Peiresc, Conseiller du Roi en la Cour de Parlement à Aix.

Monsieur,

J'ai veu l'agreable vostre du 9 octob. dernier , a laquelle je ne faisois estat de répondre, sinon ayant presté tant le modelle de l'agathe que je uous ai envoyé la mesure de la grandeur comme de celui du topaze de Venise, d'autant que je l'ay demandé avec

beaucoup d'instance au sieur Moreli, encore
que je lui ay voulu mander que dela vous
l'envoyat pour estre plus proche : par bonne
raison j'ay changé d'auis et l'ay fait venir icy.
Mais ayant considéré l'honnenr que vous me
faites, je serois trop indiscret, si je ne quittois
tout quand je serois le plus empeché en affaires,
ne me derrobois le plus utile du tems pour vous
servir. J'ai regret d'etre icy malheureux que
n'aye chose promte en ma puissance de conséquence en laquelle je vous puisse faire voir
combien je me trouve content et obligé a votre
courtoisie : mais l'espoir que j'ay de avec le
tems me pouvoir revancher me retient. Le uase
d'agathe on l'attend ici tous les jours, et
venant je tireray le modelle parfaitement
comme me mandés en fer blanc, de mesme
ayant receu celuy de Venise. Pour ce que
me mandés touchant de uase d'emeraude que
vous ont dit auoir été vendu en l'enquant de
Mr de Montmorency, je me suis derechef
informé et crois que n'a point eû conoissance
celui la qui uous pourra avoir dit telle chose,
et qu'il vous a abusé pour se descharger. Je
uous dirai qu'icy à Paris il y a grand abus
sur la uraye connoissance des pierres, comme
appeller a une espinelle pierre tendre rubis

espinelle, a une jacinte rubis violet qu'est
l'une et l'autre notable abus. Ausi auoit on icy
certains uases d'une pierre alabastre vert que
on a tenu effectivement pour prisme d'esmeraude orientale, et M.ʳ Dvmaine en avoit
quantité de quoy faisoit grand cas, et depuis
que je suis uenu à Paris je les ay fait tirer
de cet abus tant par les vives raisons que je
leur ay donné comme pour avoir envoyé de
mesmes uases aux Indes qui se sont moqués
et les ont tourné envoyer et de semblable
etoffe devoit etre celui la que on uous a dit,
mais non pas d'esmeraude. Un orfeure de ma
connoissance a achepté deux petits uases d'a-
gathe sardoine pareils l'un à l'autre avec le pied
d'or avec quelques pierreries dont je lui ai demandé le portrait que je vous envoye, s'il vous
plait que je uous les enuoye en fer blanc aussy
je le fairay. Je suis marri que d'Hollande et de
l'Ondinaine en Angleterre m'escrivent que se
ne peut trouver la médaille d'Adrianus que
me mandés. Toutefois j'espere encore d'autre
part comme aussi de Paris la recouvrer et
vous la envoyer. Touchant le morceau de
roche de diamant, je vous pourrai bientot
satisfaire, d'autant que par ces navires qui
sont dernierement venus des Indes, ils m'en

envoyent quelques morceaux qne je fais uenir pour des amis curieux. Je les attends par mer que doivent uenir au Havre de grace, en les receuant soyez assuré que les plus beaux vous appartiennent. En eschange je uous suplie me faire la faueur de me enuoyer quelques orangiers et citrons nonobstant que je les aye demandé deja à Lisbonne; mais je tiens que ceux la de Provence sont plus belles.

J'ai fait une nouvelle acquisition au village de Meudon dont je ay force belles fontaines et parterres et le lieu est si agréable que je me divertis grandement à l'embellir. Touchant l'agathe de rubis, dans un mois je ecriray à mon pere amplement sur tout ce que me mandés, et je vous prie que si autre chose de la uous commence auoir enuie uous plaise de me les mander afin de les ecrire, faisant estat que j'atend la semence pour ceuillir le fruit à son tems, et je uous promets qu'auec tout le soin possible je lui demanderay toutes sortes de rarétés et curiosités naturelles et antiques qui se pourront seulement recouurer pour uostre respect. A Lisbonne le Seig.r Domen. de Olivarès, et à Séville, Diego Cardello sont advertis que voyant quelque chose de votre commandement, ils vous

servent en tout. Je finirai celleci vous su-
pliant de croire que [je souhaiterai de bon
cœur toutes les occasions de vous pouvoir
servir et témoigner que je suis et serai toute
ma vie,

Monsieur,

Votre, etc.
J. d'Alvarès.

De Paris, 18 Novembre 1633.

A M. Alvarès, Joaillier portugais, à Paris.

A Aix, 28 Novembre 1633.

Monsieur,

J'ay reçeu la vostre du 18 auec le dessein
des deux vases que dites estre pareils tant de
sardoine que d'agathe dont je vous remercie très affectueusement et ne refuseray pas
de voir le modele de fer blanc de la juste
contenance tant de l'un que de l'autre ; mais
ie voudrois un peu de griffonnement de chacun à part, non des enrichissements d'or et
de pierreries, mais seulement de la tasse ou
gondole comme si elle estoit dépouillée de
tous ses ornements, et à peu près de la mesme grandeur des originaux, et ainsi de tous

les

les autres que vous voudrez me communiquer
à l'auenir. Car les enchassements me sont
inutiles, voire m'empêchent plus qu'ils ne me
seruent, attendu que ie n'y cherche que ce
que les anciens y pouvoient avoir fait, et
non ce que les modernes y ont aiouté qui ne
fait que rencherir ce qu'il y pourroit avoir
d'antique et m'oster le moyen de l'acheter.
Je vous remercie encore très humblement
de vos honnestes offres concernant le morceau de roche de diamant et le sable de
rubis ensemble de la recherche qu'auez fait
de la médaille d'Hadrien, et seray bien ayse
d'auoir moyen de vous en rendre la recon=
noissance convenable à mon denoir et à vostre mérite si je puis, comme aussi de la
recommandation qu'auez fait aux Sieurs d'O-
livares et Cordoue auxquels ie me donnerai
la hardiesse d'escrire un mot, sous vostre
aveu, si quelque barque de Marseille va de
ce costé là pour quelque petite curiosité. Cependant ie vous félicite de la nouvelle acquisition de vostre belle maison de Meudon,
avec de si belles fontaines et parterres, et
seray bien ayse d'y pouuoir coutribuer, non
seulement des orangers mais de toutes autres
sortes d'emmeublement qui pourra uenir de

ce pays - cy , mandez-moi seulement quelle
quantité il vous en faut , et de quelle sorte
vous aymez le mieux afin que ie vous serve
plus à souhait , et en toute autre chose où
vous me reconnoîtrez propre à vostre seruice , commandez moi librement comme ,

  Monsieur ,

     Vostre , etc.

    Signé , DE PEIRESC.

A M. Alvarès , Joaillier portugais , à Paris.

   A Aix , ce 29 Mai 1635.

 MONSIEUR ,

Je receus ces jours passés de la main du
Sieur Pellissier la lettre dont vous l'aviez
chargé pour moy du 24 du passé et suis
infiniment ayse d'y apprendre et plus amplement de sa bouche le bon estat de vostre
santé et la continuation de l'honneur que vous
me faites de vous souvenir de moy , et de
m'aymer beaucoup plus que je ne scaurois
valoir ; dont je vous remercie très humblement , et des bons offices que vous auez
rendus audit Sieur Pellissier , comme de la

bonne volonté que vous auez de lui en rendre d'autres meilleurs, si le tems eust esté un
peu plus opportun. Il me tardera d'entendre
que le Sieur Gaspard de Costa vostre beau
frere soit reuenu de chez lui en sauueté, où
ie le souhaite bien pour l'amour de vous auec
un heureux succès de ses affaires et négotiations et surtout des vostres. Je pense que
vous aurez peu scavoir les nouvelles arriuées
de Moncal par le Caire, depuis que ledit
Sieur Pellissier a esté parti de la cour : à
scavoir que Cassan Bassa qui y commandoit
a enfin esté chassé et s'en est fuy avec ses
galères au Souaquin, que du Souaquin l'on
escrit du 15 Septembre 1634, que les Peres
Jésuites en nombre de trente auoient été ex-
pulsés de l'Ethyopie par ordre du nouveau
Roy, et n'auoient pas eu trop fauorable ac-
cueil d'Assar Efendy Bassa du Souaquin, non
plus que quarante autres personnes Abyssins,
lesquels il auoit mis à rançon à quarante mille
piastres, estant abordé là un marchand indien qui leur presta deux mille piastres, mo-
yennant lesquelles et encore autres mille piastres, qu'ils auoient trouvé dans la bourse de
vingt sept des leurs, furent congediés pour
s'embarquer sur ledit nauire indien, et s'en

aller a Goa chercher le restant de leur rançon. Les trois principaux de la troupe ayant
été retenus avec les autres au mesme lieu de
Souaquin pour ostage de la restante somme
promise. J'ay creu que vous ne seriez pas
marry de voir ces particularites , si ne les
scauez desja , et que vous m'excuserez du
temps que ie vous fait perdre, vous suppliant
de me commander toujours en toute liberté
comme,

Monsieur ,

Vostre , etc.

Signé, DE PEIRESC.